KB274690

구름 한 점 가슴에 담고

구름 한 점 가슴에 담고
정인관 시집

초판 인쇄 | 2012년 10월 05일
초판 발행 | 2012년 10월 10일

지은이 | 정인관
펴낸이 | 신현운
펴낸곳 | 연인M&B
기 획 | 여인화
디자인 | 이희정
마케팅 | 박한동
등 록 | 2000년 3월 7일 제2-3037호
주 소 | 143-874 서울특별시 광진구 자양로 56(자양동 680-25) 2층
전 화 | (02)455-3987   팩스 | (02)3437-5975
홈주소 | www.yeoninmb.co.kr
이메일 | yeonin7@hanmail.net

값 10,000원

ⓒ 정인관 2012 Printed in Korea

ISBN 978-89-6253-118-3 03810

정인관 시집

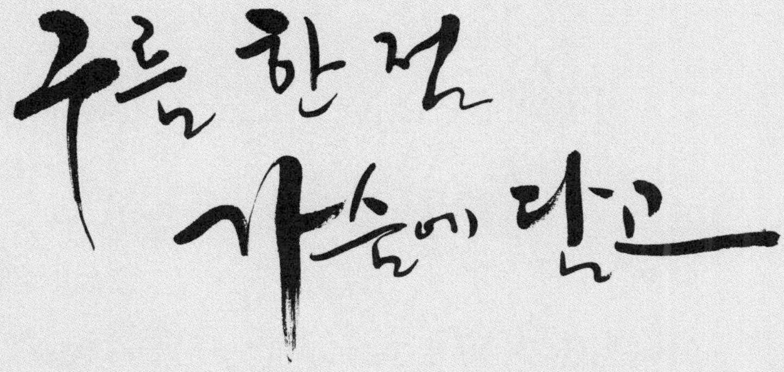

정인관

인생의 산을 오늘도 오르고 있으면서

저물어 가는 길목에 서서 흔히 말하는 '인사유명人死留名하고, 호사유피虎死留皮' 라 했으니, 생을 정리하는 입장에서 인생의 산은 끝을 알 수 없는 것, 숨쉬기 운동을 계속하는 마음으로 오늘도 지인들과 힘차게 인생이란 산을 행복한 마음으로 오르고 있습니다.

연인M&B

인생의 산을 오늘도 오르고 있으면서

바람이 시원하게 불어오는 날을 지나 궂은비가 내렸던 지난 세월, 인생이란 길고도 짧은 산을 걸어왔습니다. 세상 풍파 어렵고도 쉬운 7부 능선까지 올라와 실오라기만한 뒤안길을 내려다보며 긴 숨을 내쉬면서 인생의 70고개 여울목에서 희로애락喜怒哀樂과 생로병사生老病死라는 글을 하얀 백지 위에 정리해 보았습니다.

바로 『구름 한 점 가슴에 담고』라는 다섯 번째 시집이었습니다. 먹고, 입고, 살아온 인생, 세상에 태어나 나그네로 살아온 여행, 나무들과 풀 한 포기에서 피어나는 향기, 사람과 우주 만물의 사랑, 바람과 공기 속에 동반자로 살아온 자연, 웃고, 울고, 자고, 먹으며 살아온 세월, 6부작으로 작가로서 영혼의 노래를 다소곳이, 소리없이 불러왔습니다.

지금까지 테마 시詩로써 『다듬이소리』, 『물레야 물레야』, 『불놀이 불놀이야』, 『어덜럴러 상사디야』 네 권을 엮은 지 벌써 20여 년이 넘었습니다. 농민의 아들로 태어나 '흙은 농민의 생명이다' 는 신념으로 농촌 詩만 고집해 왔었습니다.

그러나 그동안 여러 문학잡지에 발표해 온 일반 詩 200여 편 중, 간추려서 100여 편을 내 생의 고백적인 삶의 노래로 여러 독자님들께 고개 숙이면서 상재하는 바입니다.

　교육자로서, 작가로서 정직과 성실, 그리고 감성적인 삶으로 살아오면서 무시로 마음을 정화하고 항상 미래를 창작하는 자세로 글을 집필해 왔습니다.

　아주 부족한 감성으로 정情을 기본 바탕으로 하여 언어로 싹을 틔우고, 소리로 향기를 만들어 내고, 마음으로 정원을 가꾸면서 옹골진 열매를 담아 볼려고 부단히 마음의 눈을 감아 보았습니다. 그러나 마늘쪽처럼 톡 쏘는 詩 한 편이 없어 옷깃을 여미면서 얼굴을 붉히는 마음으로 속마음을 보여 드리오니 십분 양찰해 주시기 바랍니다.

　저물어 가는 길목에 서서 흔히 말하는 '인사유명人死留命하고, 호사유피虎死留皮' 라 했으니, 생을 정리하는 입장에서 인생의 산은 끝을 알 수 없는 것, 숨쉬기 운동을 계속하는 마음으로 오늘도 지인들과 힘차게 인생이란 산을 행복한 마음으로 오르고 있습니다. 그동안 작가라는 이름을 부르게 해 주신 지도 선생님께 감사 인사와 더불어, 동인으로 같은 배를 타고 무사히 오늘날까지 활동해 온 지인들께 따뜻한 웃음을 드립니다.

임진년 가을 봉산 아래에서

물레시인

| 차례 |

1부 인생 | 소록도에서 불어온 바람

4부 사랑 | 가을 그리고 그 여자

6부 세월 | 물레방아 돌아가는 사연

1부 인생

소록도에서 불어온 바람

허풍선 친구

어제는 자네 생각에
밤 깊도록 곡을 지었다네

아버지 장지를 떠나
채, 흙도 마르기 전에
하늘 보고 웃었다는
수전노가 아니었던가

그렇던 자네가, 오늘은
사직공원 벤치에서 아침 이슬을 떨치고
낮에는 구름 위 풍선이 되고
밤이면 큰 바람 허풍이 되어

꼬리도 없이 항상
하늘로 오르고 오르다가
터져 버린 자네 때문

내일도 슬픈 곡조로
곡 짓는 연습을 해야겠네.

산화가散花歌

땅의 숨소리
위대한 탄생을
하늘빛으로 감싸 줄 때
하얀 웃음꽃 수줍음으로
수련睡蓮은 중생을 가슴에 안고

잎새 바람에
물안개 초록으로 산화散華되어
연하게
연하게
생명 빛으로
보살菩薩 빛으로
향기 되어 피어나리라.

소록도에서 불어온 바람

절망에서
벼랑에서
썩어 가는 줄기를 잡고 통곡을 했습니다

보이지 않는 하늘 아래 어느 구석에서
콧구멍의 마늘을 빼먹고
죽었다가 다시 살아서
눈물이 메말랐습니다

한 방울의 물
현미경 속의 작은 악마
그것을 나는
죽였으며 그리고 살았다고
춤을 추며 미치광이가 되었습니다

'저는 문둥이가 아니올시다
우리 어머니도 문둥이가 아니올시다'

그러나 지금은
헛바람 나는 하모니카로
무척이나 슬프디 슬프기만 하는
소리, 그 소리였습니다.

북소리로 시작하여
북소리로 끝나는 말 없는 노래
한恨이었습니다

한들거리는 옷차림
쥐어 뜯어 놓은 얼굴들이
표정없이 희망의
하늘문을 열망하나
소리 없는 아픔은 가슴으로
눈물 되어 흐릅니다

소록도에서 온 절규
소록도에서 온 바람이었습니다
귀도 눈도 없이 이그러진 입술로

벼랑에서
절망에서
떨어졌다가 죽었다가 다시 살아났습니다.

인생, 낙엽인 것을

잎새 사이
작은 숨소리는
어머니의 출산 때 그 소리보다
하늘과 땅 사이로
지나가는 바람이었고

잎새 사이
반짝이는 작은 빛은
아버지의 잔등을 태우는 것보다
모래알의 따가움이
더욱 온몸을 시리게 하였고

잎새 사이
한 방울의 물줄기는
주검 앞에서 곡을 짓는 그 소리보다
수천 년을 녹여 주었던
더욱 붉은 할아버지의 핏방울이었고

오직, 잎새 사이
그 숨소리는
탄생과 죽음이 있었으니
그것은 작은 생명의 숨소리였고
무섭게 오열하는 빛이었고
검푸른 핏방울이었으니

생명, 그 모든 것들은
발해져 가는 시간과 바람 속에서
푸르디푸른 청춘 시절도
내 누님 같은 불그레한 얼굴도
검버섯이 일던 어머니의 손등에도

시방은
그 인생, 굴러가는 낙엽인 것을
그 인생, 낙엽 그 자체인 것을.

바람

바람이었습니다
정녕, 낙엽이 떨어지기를 바라는 것은 아니었습니다
그저 어둠이 다가오면
그저 노을이 질 때면
기다림에 사로잡혀
수평선을 이루는 나의 시선이었습니다

길게 쓴 사연이 날리듯
달무리가 길게길게 깔리듯
피안의 세계를 달리는 기러기가
서성거리는 가장자리 마음들이
기다림에 걸터앉아

멀리 멀리
애태움에 내민 목을
공중에 매어 달고 있었습니다
꿈의 연장인 하얀 날의 시작에 서서
한낮의 날빛 속에서

기다림의 요람이 되어
꼬박 지새웠습니다
정녕, 낙엽이 떨어지기를 바라는 것은 아니었는데
바람이 일고 지나간 마음이었습니다.

꽃이 밥이 되다

그건 배고픔이었지

가마솥 실개천 강가 움푹 패인 골짜기에
문둥이 콧구멍에 마늘 빼먹을 만큼 섧던 날
마당 멍석을 빼앗아 간 빨치산 놈들
대산이 고개 한칫재에서 진달래나 따먹고 살 일이지
물안개 올라가기도 전에 무서워 검은 도장으로 숨던 밤,
탄피를 주머니에 감추고 감추느라 식은땀을 흘렸지

지금도 지리산 골짜기 화약 연기는
엊그제 돌아가신 우리 어머니의
분향 냄새보다 더 하더라

한강다리 끊어질 때 아니,
일사 후퇴 무렵
우리는 배고픔을 알았다

이제 너 보기가 꽃웃음 하나이기에
달래야, 너 먹으면 안 되겠지?

지구촌에 띄우는 편지

눈만 뜨면
바람이 나의 언덕을 만들었다
눈에 띈다. 찰랑찰랑 그녀
첫 번째 선물은 너무 달콤했다
꼬옥 안아 주고 싶은 겨울
상큼한 보랏빛이 다시 한 번 번진다
the big rom
하자, 카이 홀 맨
둘이서 놀자, 둘이서 보자, 둘이서 하자!
남자의 피부가 원하는 모든 것
그녀의 두 번째 선물은 너무 부드러웠다
청춘은 천국입니다
거칠고 쓰라린 입술이여 안녕
입속 세상을 깨끗이
지하 청晴 정淨 지地 대帶 선언
남자의 자존심 지켜 주십시오. 남자라면 동충하주酒
함께하는 활기찬 생활
나, 잡아 봐라⋯ 100억
'301호 사는 찬호는 벌써 영어 신문을 본다는데⋯'
결국은 돈이야!
광고야!

꿈꾸는 백마강

낙엽 지는 오솔길에
사르르 잠이 드는 커피 내음
정녕, 꿈꾸는 천사여

하늘 큰 자리에서 왔다가
땅끝 마을 피안의 세계로
홀렁, 떠나간 낙엽 그리고 인생

귓가에 맴도는 다정한 시름의 소리에
아직도 뛰고 있는 파란 가슴은
고이 간직하고 스러질 듯
살아가는 가을 남자

두 날이 한 날보다 짧다는
가시나이, 사내가 있었기에
나무는 나무대로
숲은 숲대로 좋아서
하얀 구름 위에 떠도는 갈바람

샘물 같은 기쁨이 달빛 속에 젖어들어
하얀 파도가 밀려오듯 행복한 나날들
바람이 있어 좋은 백마강.

거룩한 손

때 낀 구수에
솥뚜껑 무섭게 일어나듯
태고 적 전설을 이어 주는
그 맥脈

손금도 안 보인 집념의 상처로
뚝뚝 떨어져 나간
타다 남은 누룽지처럼
혈맥을 가른
그 손등

동동구루무도 없고
멘소레담도 없는데
흙과 함께 생명을 이어 온
그 손

한 식솔들의 입맛도
그 손이 이루었고
웃음소리 넘치는
한 울타리도
그 손이 세웠으니
골 깊은 주름살만큼
뚤방이 헤어나듯
더욱 무디어져 가는 검수룩한
그 손

물 한 방울 금쪽같이
피가 마르고
땀이 고이듯
한 섬 내기 논배미로
아홉 남매를 지켜 온
무딜 대로 무딘 거룩한

아버님의 손.

갈색 한 잎의 변辨

남아 있는 것은
가슴에 저려오는 회의감
그것이 지금 와서
하얀 웃음으로 변하여

낙엽 한 잎, 퇴색되어 간다

행여나 조각난 마음이
바람에 날려서
구멍 난 잎새가 될까 봐
깊이깊이 속살과 겉살 사이에
옛날의 웃음 접어 두고

잎새 하나, 새겨 두고 싶다

머리 긴 여인의
숨결이 담겨 있고
밀려오는 파도 위로
그리움과 사랑이 영상되는

갈색 한 잎, 하나의 언어이고 싶다.

강가에서

살랑 바람이 불고
사르르 흐르는 물바람은
여울내 소매로 감싸고 있다가

도르르 도르롱
도르르 도르롱

풀잎 끝에 매달린
웃음꽃 물방울 소리

강가의 물초롱을 보고
애살궂게 울고
출렁이는 산 그림자는
철쭉새 알을 품은 듯

오늘도 산여울에 매달려
바닷바람에 실려 가슴만 태우는구나

그래서 강물은
애태우며 출렁이는 속살만 보이고
가슴앓이로 살아가는
물초롱의 눈물 소리.

망구 망구 할망구

할머니 치마끈을 잡고 한칫재를 넘어 넘어가다가 솔갱이며 쑥돌을 주어 서낭당 돌단에 던지면서 노래하다가 이렇게 외우며 손바닥으로 빌고 빌며,

"선영님께 비나이다. 비나이다. 신령님께 비나이다. 비나이다. 아옥골 오류골 댁 큰아들, 사주팔자를 살펴 주시사 명도 길게, 머리도 명석하게 그리고 지어미 찾아 젖 좀 먹여 달라고, 서낭당 조앙님께 비나이다. 비나이다. 명 길어 오래 살라 '문다리' 이름 지었으니 제발 일찍 데려가지 말라고 허리를 폈다. 구부렸다. 앉았다. 섰다. 산그늘 내려앉은 줄도 모르고 또 노래를 하다가 내 가슴을 두드리고, 머리를 나이만큼 쓰다듬으며 돌님네야, 솔님네야, 우리 집안 장손 외동아들 부슬 먹도 낫게 해 주고, 밤에 오줌도 안 싸게 해 주고, 닭장 앞에 가서 절 안 하게 해 주고, 먹통 같은 으스름한 밤 모퉁이 돌아 천리 낭떠러지 돼지간에 똥떡 만들다 귀신 씻나락 까먹는 소리에 할머니 내 코앞에서 다시 또 비나이다. 비나이다. 할 때는 시방 노을이 너울너울 치맛바람으로 날리고, 삼시랑 할머니는 어느새 당고모 집을 넘어 들었네 그려."

물안개 속으로 노을이 질 때면 망구 망구 할망구 되겠지.

바람이 일고 간 자리

해가 질 무렵이면
갈대가 웃고
달이 뜰 무렵이면
가시내는 아픔이 저려 오나니

눈물이 고인 옹달샘도 없어
언제나 처절한
치맛자락 끝 같은
인생살이
어떤 놈의 팔자에 매여
살아가는
한나절의 빛살인 것을

바람 잘 날 기다리다가
이랑마다
바람 속에 숨쉬고 사는 것을

빈자리

해가 여물 때면
그날
쇠바람이 일어나는
빈자리
그 아픔을 덮어 주고

얼굴에 빨간 점 하나
영상으로 남기고
저녁노을
기다림의 뒤안길에
혼자임을 깨닫고

회오리치는 소슬바람에
허공에 쌓는 디딤돌
빈자리
그 허허로운 가슴앓이로
들꽃인 양 온몸을 녹이고

하얀 밤의 끝시간
잠결에 그래도,
사루비아 꽃씨를 뿌리며
가난한 내 영혼에 채울
기다림의 자리.

석녀石女

조용한 아침
죽어 있는 거리를
흔들어 깨우고

땡볕보다 더 강한
살점 하나 떼어
손때 묻은
옷섶에 금박으로 사룬다

작은 숨결
마리아의 목석木石 같은 웃음

십자가 하나
숨소리 하나
날빛에 산 제사 드리고

까아만 핏빛
돌 같은 앙금을
하얀 여인女人은
무릎이 흙이 되도록
간드러진 촛불을 감싼다.

바람 부는 강

갈대 숲 사이
작은 노래가 있어
숨을 죽이며
하늘을 보았다

진정
바람이었으면
수평선에 떠오르는
갈매기의 노래였으면

하지만

아픔이 흐르는 세월의 강
부서지고
감추고 싶은 추억

정녕
바람이었겠지
잠시 왔다 가는
그리움의 노래들
그 바람 소리이었겠지.

구름 한 점 가슴에 담고

물골안의 아침

물빛 여울로
햇살이 부서지는 다복 솔잎 사이
물안개는 기쁨을 만들고
깊은 잠길에서
가만히
가만히
실가지는 물초롱으로 웃고

도랑물 아가의 노래인 양
재잘거리며 하얗게 흐르나니
물무지갯빛 끝자락에
초록의 싱그러운 생명들을
스몰거리게
스몰거리게
부스스 햇살에 눈뜨고 향기 날리고

물고랑 청랑한 소리
산초 내음 저려 오고
취나물, 질경이, 산딸기 한아귀
칡뿌리, 마루걸이 눈빛에

푸르디 푸르게
푸르디 푸르게
풀빛 싱그러움에 생수되고

물바람
빛바람 그리고 녹색바람
오솔길에 스치고
징검다리 건너 손가락 여밀며
금빛살 부서지는 시방
깊은 앙가슴 열고
천천히
천천히
영혼을 열어 주는 물골안의 산수여.

시간 여행

세상을 무서워하는 아이들
맨발로 뛰어다니면서 박수를 치고
철부지 나이에 우주 공간을 누비다가
종이비행기를 하늘 높이 날린다

바람 소리 흩어지고
종이비행기 빗물에 젖을 때

철부지 아이는
이마를 돌에 부딪치고 난 뒤
땅에서 갓난아기의 울음소리가 끝났다

금성과 토성이 맞부딪치는 소리
정말, 무서워 도깨비로 뛰다가
무서워하는 아이들 때문에

높은 빌딩 위에서
별자리 공간에서
앙상한 팔을 벌리고
나무들의 야윈 손끝에 앉아
바람도 모르는 사이
종이비행기는 곤두박질한다.

낙동강역에서

강머리
석류꽃 속에
기적 소리가 맴돌다가

금세,
아침 이슬 깨기 전에
떠났던 그리운 사람
기적 소리와 함께 오겠지

풀려진 연기 속에
상처없이 떠난 목소리는
텅 빈 가슴으로
기차를 타고 오겠지

레일 꼬리에서 피어나는
그리움의 손짓
그 종착역에서
석류꽃 같은 사랑으로 오겠지.

구름 한 점 가슴에 담고
―하조대

하늘과 바다 사이
그 가슴에 젖어
물바람
하얀 파도 위에
작은 애무를 남기고
벼랑 아주 끝 바위 날망에
매여 달린
은빛 물거품이여

연락선 휘돌아
두둥실 두리둥실
하늘 난간 정자에 앉아
하河씨, 조趙씨 음풍농월吟風弄月 그 소리들
수평선에 띄우고
속세 시름 떨쳐 버리니
구름 한 점
바람 한 점 가슴에 안고
팔모정 창공에 매여 달아 놓고
바람기둥 누각에서 바라보는 하조대.

여행

행여 가는 님 보고
행여 손짓으로
푸른 숲은 노래를 한다

금세 파도 소리가 들리고
꼬리 감추인 오솔길은
땀을 닦으면서

바람,
금빛살을
한 모금으로 마신다

가는 길
오는 길에서
옷자락의 스침도
수평선 너머
한 고개 너머
맥박의 소리는

나를
자연으로 돌아가게 한다.

영암역에서

간밤에 떠난
열차의 꼬리는
그리움을 남기고

물안개 짙게 내린
레일 끝으로
기적 소리와 함께
머리카락 휘날리며 떠난 사람

못내 아쉬워
그녀는
내 가슴에 붉은 점 하나 남기고
싱그러운 몸짓으로
다가와
다가왔다가
진한 입맞춤으로 떠난다

기차 길에 서 있는
해바라기.

여름 여행

하늘이 열리고
마음이 열려 있다

계곡이고 바다고
항시 물에 젖어
고여 있는 꼭지를 씻어 낸다

땡볕이 있기에
하얗게 타오르는 날들을
함박 같은 바가지로
물을 떠 올린다

강 건너 터널을 지나
문경새재를 넘어서
징검다리 건널 때
피라미 꼬리는 하늘을 가른다

어디나 열려 있다
마을도 산여울도
물빛도
그리고 사람의 마음도
그래서 오늘도
뜨거운 여행을 떠난다.

불새

바람 부는 날
외로움을 담금질한 날
구멍 뚫린 하늘
그 속에서
그림을 그려 가는 불놀이

휘— 휘— 저어 돌다가
두렁에서 온몸을 벌렁
불을 지피면
끼욱— 끼욱— 맴돌다 떠난 새

막차로 떠난 새벽 종점에서
진하디 진한 그림을 미완성으로 남기고
다시 목마름으로 떠나는 바람새

작은 불씨를 가슴에 낳고
눈물이야 있을까만은

새벽 기적 소리에
아픔만큼 그리움을 남기고
날개를 떨고 가는 불새.

사인암舍人岩의 눈물

옛날 옛적
낭떠러지 절벽 위에
작은 암자가 있어
청송나무 애절하게 자라고
하얀 물결이 노래하고

그런데 그리도 정겨운 동생
하선암이 홍수에 떠내려가고
한恨으로 남은 상선암은
지금도 때아닌 눈물을 뚝뚝 떨구나니

그래도 살아야 한다고
소나무 뿌리 부여 잡고
층층이 내려앉은 절개
아, 암벽의 아픔은
오늘도 땡볕 속의 눈물이라니

하늘 보고 숨쉬고
바위 사이 이끼 보고
청송나무 키우며
개울물 노랫소리에 살으려니.

인생살이

기차를 타고 푸른 논길을 따라 옹달샘을 한바탕 건너면 새푸른 잎새로 새로운 삶을 느낀다

새가 푸드득 허공을 나는 것도, 개구리가 멍든 세상 속에 첨벙 빠지는 것도, 실뱀이 발등으로 아스라이 스치는 것도 깊은 삶을 의미하기 때문이리라

뒷마당의 감잎이 피어날 때 한생의 여울이 순간으로, 아침 저녁으로 번득 왔다 가는 달콤한 맛이 우리의 삶이리라

감나무골 당고모님은 아들딸 낳고 그다지 시름없이 한세상을 사셨는데 꽃이 피고 지고, 떡잎이 보일 때면 그리고 처마 밑의 감잎이 초록으로 땡볕에 세수하고 하란 물감에 한몸을 적시고 나면 예스러운 그날 그때가 그리워지면서 딸의 결혼식 날이 연상되어 혼자 웃는단다.

석양이 질 때면 다시 그리운 얼굴이 보고 싶어지는데 마음만은 늙기 싫어 옷고름이라도 잡고 매달리고 싶은데 시도 때도 없이 감잎이 질 때면 댕기 머리 청춘을 다시 생각하며 저물어 가는 석양,

먼 하늘을 바라보게 한다.

갈색 머리 하얀 꽃 비석
— 윤동주 시인 묘비 앞에서

파란 물이 흐르는 하늘이었다
심양 용정 가낙골 벌판에 불어오는 갈색 바람은
오뉴월 복날에 냉수마찰이었다
호랑이의 항문을 통과했다는 키다리 옥수수 잎새는
하얀 구름 사이 한들거리는 아픔이었다
커피 향기 드리운 숲을 지나 초라한 언덕배기에
하늘과 땅 사이 그곳 '윤동주 묘비'가 보일 듯 말 듯
어설프게 서 있었다
갈색 머리 하얀 들 꽃술은 비석을 넘고
묘의 정수리를 넘어
초라한 언저리에는 가을 햇살이 부서지고 있었다

그러나 가슴은 외롭고 쓸쓸했었다
파란 하늘의 치마폭을 덮고 살아가는 우리가
이렇게 아픔을 견디어야 하는가

그 묘비를 가슴에 안고 올 것을……

여행 29

―sydney의 향기

물보랏빛 향기
가슴 깊이 젖어 오고
달빛에 녹아지는
하버브릿지의 빛살은
거대한 오페라하우스 선율 속에서
꿈의 호화선을 타고 파도를 넘나든다

푸른 물바람 위에
용맹스런 장군의 목청은
하얀 바람을 타고
매쾌리 여사의 가슴에 젖어 오나니
여기―
고도의 기다림
하이든 공원에서
망부석이 되어 버린 그 외로움

찬란한 시드니의 밤
바람 불어 좋은 노을빛
늘 푸른 초원 위에서
입술을 마주 대고
'홍이' 보다 강한 사랑을 하고파

빠알간 조개껍질에
무지갯빛을 하얀 마음에 담고

영원히 잠들고 싶은
꿈속의 현실이어라
그리움의 씨앗들이어라
수평선 너머 행복한
시드니의 밤이어라

유칼리투스의 파란 향기 속에
거리의 바람은
짙푸른 숲 속의 세 자매를 찾았고
떨어지는 물속에 코알라는 잠들고 있나니
천고千古의 장관이어라
땅속을 달리는 기차이어라
미궁 속의 뜨거운 감정이어라

가을 끝자락에 앉아
붉게 타오르는 시드니의 강을 보며
시방—
태평양 바다의 난간에 서서
위대한 영혼들의
옹골찬 숨소리를 들으며
일렁이는 파도
춤추는 거리의 물결
애드벌룬처럼 떠오르는 가슴을 안고
블루마운틴 정상에 올라
메아리로 노래하노라

전설보다 강한 현실이라고
그림보다 아름다운 파라다이스라고
아니—
태평양 너머 별천지를 보았다고.

하룻밤의 만리장성

1
별들이 내려앉는
하얀 외로운 만 리의 길.

2
백양나무 숲 사이로
가신 임 발길 여밀면서
꿈길에서 만남도 아닌
그리움에, 그리움에 지치다가
하룻밤 사랑에
속옷 접어 접어 가슴에 안고
발가락이 불어 터지도록
팔달령八達嶺에 당도하니
내 살빛으로 빚은 얼굴은 없고
여울진 목소리만 아련하구나.

3
하늘이 무너지랴
그대 부르는 목소리에
만리장성이 무너지랴
하룻밤 깊은 정情 남기고
장성長城 벽에 묻혀 헤어나지 못하랴.

4

별들은 별빛대로
눈물은 눈빛대로 부서져 내리고
옷고름 한 번 풀어
뜨거운 가슴으로 노래 노래 부르더니
한 사랑에
한 생명 바쳐
하룻밤의 만리장성 쌓다가
애절한 통곡 남겨 놓고
그림자도 없이
그 목소리 여운도 없이
대리 인생에 살다 간 그대여.

5

못내 여린 작은 가슴에
하룻밤 불길로 사루더니
끝내 싹터 오는 생명 하나 남겨 놓고
냉가슴 만들었으니.

6

그렇게도 그리던 가슴
상사병을 풀고 나더니
그래도 좋은 것을
천길 만길 장성長城 쌓더니만

누굴 위함인가
짧디 짧은 하룻밤의 사랑
누구를 위한 죽음인가
한날 한빛 하룻밤의 사랑
누구를 위한 만리장성인가
영원히 가고 없는 성결한 사랑.

어부지리漁父之利
―도요새

긴 터널
외롭고 어두운 밤 사이
우기 속에 우는 소리
끈질긴 줄다리기
멀고 먼 여행의 방랑자

불빛에 반해 뛰다가
유리벽에 받쳐 가노라니
누가 아픔을 알랴
누가 조개에 물린 부리의 상처를 알랴
고독을 먹고 살다가
남몰래 숨어 살다가
슬프디 슬픈 노래로 떠나는 도요새

도요새처럼
도요새처럼 살다가
영정도 바닷바람에 날리고
머나먼 호주까지 날아서
바람의 힘으로
바람의 힘으로
천문을 열어 주는 하얀 맥의 색채

우기에 찬 노래
긴 터널의 아픔을 안고

땅에서 바다 끝까지
줄기차게 떠도는
고독을 먹고 사는 바람 새.

누리꽃 향기

들꽃 향기

지평선 끝에 해가 웃고
바람결에 사르르
물결이 일고
작은 향기는 가슴으로 밀려와
하늘이 열리는 날

새악시 치맛자락에
들꽃 향기는 스며들고
빗물에 젖은 꽃잎은
애초로이 청아한 얼굴인데
햇살 사이 웃는 바람은
못내 손짓하는 들꽃들의 숨소리

산모롱이 돌아
개울물 흐르는 고랑에
천리향의 몸짓은
그리움에 지쳐
남기고 간 그 한마디에
수줍어
고개 떨구며
살아가는 들국화의 향기.

안개꽃

　안개꽃 한 묶음이 책상 위에 새롭게 자리 잡았습니다. 맥주 한 잔 마신 그대 입술처럼 아주 짙은 연분홍 사이에 하얀 바람이 일고 간 자리는 스산하지만 햇살이 꽃술에 입맞춤하고 가는 그 시간은 아주 행복을 느끼는 시간입니다. 햇살이 눈에 살포시 젖어 들 때에는 가만히 눈을 감을 수밖에 없었습니다. 눈을 감으면 촉촉이 물에 젖은 안개 속으로 빠져 들어가고 맙니다. 황홀경에 젖어 파란 하늘에 노란 풍선처럼 두둥실 두둥실 흘러 흘러 햇살에 풍덩 빠지고 맙니다. 꿈이 아니었으면 좋겠습니다. 바람 부는 대로 하얀 너울 안개 속에서 영원히 잠들었으면, 아니, 꿈의 풍선이 펑 하고 터지지 않기를 햇살에 이렇게 고백합니다. '보고 싶다' 고 그리고 햇살과 꽃잎은 지구촌을 떠나겠습니다. 그곳은 '풍경이 있는 언덕' 그곳은 수평선 위로 자르르 흐르는 호수가 있어 좋고, 솔향기 드리운 바위 사이 난간에 통나무의, 낙서판, 그 위에는 그리움과 웃음이 젖어 드는 작은 행복, 뭉게뭉게 피어오른 안개꽃은 하얀 베일을 서서히 두루마리로 말아 가면서 신비 속에서 햇살을 한 입술로 마시며 살아갈 것입니다.

호수湖水

실나풀 하나로 누워서
호수는 말을 하고 있다

작은 오솔길의 세월은
하나쯤 징검다리 되어
하얀 머리 위에서 잠들겠지

아주 작은 숨소리로
구름과 솔잎의 끝바람에서
자는 듯이
감은 듯이
손끝에 감미로움이 밀려오겠지

멋이 담긴 진양조 한 가락에
숨막히는 한 솔기 구토가 피어나고
텅 빈 하늘은 외나무다리로
서서
우주의 입김을 빈 바가지로 퍼올리겠지

한 모금으로 살 수 없는 메아리는
숨구멍에 맴돌다가 떨어져
파르라니 멍들어 가는 추억

가랑잎 바람 꼬리에서
겹도록 눈물겹도록
한 장의 긴 백지 위에다가
어설픈 사연을 입술로 불어 날린다.

꽃새야

산울림에
산새가 좋아
물빛도
잎새의 진한 초록의 아우성으로
울어라 꽃새야

물안개
이끼 낀 바위에
구릉을 넘나드는 능선에도
물바람으로
젖어서 젖어서 볼멘소리로
울어라 꽃새야

달빛 흐르는 초가 머리에
어둠이 잠들어
죽어 가는 밤
영원한 그 자리에서
바람에 눈물 섞인 시름을 떨치고
긴 산울림으로
울어라 꽃새야.

첫눈

님이 오신다기에
그렇게도 기다리던
첫눈이었어라

이날은
언제나 어둡고 하늘가에는 먼동이 트이고
손으로 한 웅큼 받아 보고 싶은
기다림이었어라

바람도 없는 입김에
요렇게
설
설
사르르
사르르
손끝을 스치고 가는 기다림이었어라

시집간 언니가
처음으로 친정 나들이한 날
그렇게도 기다리던
그렇게도 허공을 들여다보던
첫눈이었어라.

꽃

바람이 건듯
불고 간 뒤
웃는 낯달
그 아래
입맞춤이었네.

꽃술

노을이 부서지는
입술 사이
젖어 드는 웃음

가슴은 하늘만큼
타오르고
젖망울 아리듯
전율이 요동칠 때
사랑의 눈물은 찔끔

꽃술에 취해
바다가 되어
파도가 되어
산딸기처럼
붉게 타오르는

첫 입맞춤.

아침

추녀 끝 눈 빛살
살랑거리는 바람

구름과 솔잎 사이
태양과 사람 사이

작은 미소가 웃고 간 자리에
당사실의 빛줄기
온누리에 내려앉아
점 하나의 분수를 날리고

하늘과 땅 사이 금빛
창과 바람 사이 눈빛
송홧가루 처마 끝에 춤출 때

녹슨 대문은 열리고
녹아나는 세월이 열리고
명주실 물결로 하늘이 열리고
원초적 생명의 문을 열었나니

하늘과 구름과 산과 바다와 땅 사이
착각과 시각이 존재하는 지금

쉼 없는 작은 몸짓
잠 깰 듯 밝아진 눈썹

부스럭거리는 골목길
큰 날이 열리는 작은 소리들.

꽃샘바람

64

불꽃은
한 고개 넘어 피어나는
꿈보다 멀고
뫼봉을 휘감는 비단결보다
한 발꿈치만큼 가깝다

빛을 접어 한 모금에 마시고
늪에 끌려 장대 세우고
달릴 때
불붙은 산은 하늘을 마신다

치맛자락 행렬에 매달리는 바람
줄 달리는 구름의 살풀이는
처음 눈뜬 불꽃에 단맛을 본다.

꽃이여

종달이 높이 날고
소쩍새 울면
그리운 사람들의
얼굴처럼
흐드러진 진홍빛
꽃이여

마파람 불고
보리피리 소리 들리면
강 건너 진달래
그윽한 향기로
다가오는
꽃이여.

누리꽃 향기

아침,
금빛살 부서지는 난간에
파란 하늘 자락 공간에
하얀,
바람으로 피어나는 누리빛 웃음이여

잎새와 잎새 바람 사이
터질 듯한 꽃망울은
하얀 갈채 속에서
영롱한 빛살 속에서
날빛, 물빛, 달빛으로 여울진
누리 속 천사여

꽃잎,
청초한 가슴 열어 놓고
해맑은 속살 웃음 머금은 채
새아씨 연지분 수줍게 손짓하는
누리꽃 향기.

코스모스의 꿈

아스라이 밀려오는
물안개 속에서
꿈을 먹고 사는
빨간 코스모스

오늘도
파란 하늘을 향해
수평선 너머 무지갯빛을 향해
그리움으로 담금질한다

바람에 흔들리고
햇살 속에서 웃음소리 녹아나니
들꽃 향기 넘치는
키다리 작은 웃음들

창가에서
운동장에서
우리들의 마음의 동산에서
꿈을 키워 가는 코스모스

오늘도
찬란한 진리를 캐내어
힘차게 솟아오르는
태양을 들어 올린다.

창포 머리에 꽂고
―단오

수릿날 메밥을 정화수 물로 지어
신명神明이 전하와 입을 벌리고
창포 잎새 붉은 물로
삼단 같은 머리 씻어 내고
창포 대공으로 붉은 칠을 하여
머리에 꽂고 허리에 찼으니
악귀여 물러가라 사악邪惡아 도망가라

푸르른 연못에 창포 잎 스치며
치맛자락 날리며 추천으로
나비 되어 임의 도포자락 보아 하니
하늘 높이 강 건너까지 날아라

다가오는 여름은 부채요
겨울은 월력으로 인사 올리고
조정의 대종관들까지
나눠 주는 날 바람이 불면
친척, 친구, 묘지기, 전객까지
바람 나눠 가서 세상만사가
시원한 바람통이어라.

꽃이 필 때면

들꽃 향기에 취해 수런거리는 자운영 꽃길 따라 풀 향기에 젖어 눈부신 햇살이 부서질 때, 사랑하는 사람이 온다는 저 언덕 너머 징검다리 사이 물방개가 춤을 추는 물 자락에 칡꽃 향기가 콧내음으로 다가와 널적나게 스러지는 꽃잎들이 빨주노초파남보 쪽빛 꽃잎으로 이불이 되어 원앙 금침 드리운 곳에 새아씨 연지 꽃 웃음이 살포시 행복으로 안겨 오는 구름 꽃들이 파란 하늘에 애태움으로 손짓하는 그 영롱함은 하얀 겨울 눈꽃 속에 피어나는 그들의 생명력이 고귀하고 강직함을 바라보노라면 온누리에 평화가 기다림으로 늘상 들꽃 향기로 스머들던 내 고향 들길 논두렁이 미치도록 눈시울에 그리움으로 번져 떠오르는 시방 무명치마 저고리 입고 나물 캐러 다니던 저바래기 산모롱이에서 순이의 입술을 훔치던 애설픈 사랑을 살포시 가슴에 안고 오늘도 하많은 들꽃 향기에 취해 살아감을 아실런지.

통일이 꽃필 때
―만남

동해의 밝은 해가
백두산에서 한라산까지
찬란한 금빛살로
웃음소리가 터지도록
밝은 얼굴 되었으니
감격의 그날이어라
통일이 시작되는 그날이어라

칠천만의 우리의 핏줄들이여
동방의 빛나는 한반도여
언제 우리가 남·북이라고 했던가
언제 우리가 3·8선을 그었던가

들리지 않는 메아리를 허공에 띄우며
만나고 싶어 목을 메었고
그리움에 사무쳐 얼마나 잠 못 이루었으며
땅을 치며 하늘을 얼마나 원망했던가

이제는 가슴이 열렸도다
이제는 밝은 해가 떴도다
뜨거운 가슴으로 하나 되어
즐거운 노래를 부르리라
평화의 종소리를 울리리라

바람이여, 화합의 노래가 들리는가
태양이여, 정열적인 사랑을 보았는가
들꽃들이여, 이제 주인을 찾았도다
하늘이여, 우리의 소원을 아셨나이다

물빛 속에 하나의 얼굴이
금강산 봉오리 봉오리마다
향기 되어 피어나고
그 얼굴 온누리에
웃음으로 빛나니
그 기쁨 넘치나니
통일이 시작되는 그날이어라

축복의 땅 한반도여
평화의 꽃이 향기 되어 피어나는 한반도여
통일이 시작되는 그날까지
통일의 꽃이 피어나는 그날까지
태극기를 힘차게 휘날릴지어다.

4부 사랑
|

가을 그리고 그 여자

바람의 여자

가슴에 물이 올라
날 뛰는 가시내의 그림자일 뿐
오늘도 실없는 웃음을 팔고 다닌다

꽃 편지가 봄을 싣고
그렇게도 기나긴 날을 머리 풀며 찾아왔다
다가오는 아지랑이는 술에 취해
동구 밖에서 가시내하고 놀고 있다

겨우내 배때기 터지게 먹어 둔
하품일까 트름일까
안개는 흙에 묻어 임신한 가시내처럼
늘상, 귀신을 부르며
구레실 논배미의 아지랑이를 부른다

오늘도 아침 해는 뜨고
재 너머 가시내는 해 질 무렵 나타나니
누가 쉬어 터진 그 웃음을
바짓가랑이에 담아나 줄까.

가을 그리고 그 여자

길고도 긴 날들
멀고도 먼 자리
하늘 높은 소나무 밑에서
미처 영글지 않은 갈잎 속에서
하나의 이불을 만들었습니다

그때 그날
도심 속의 수많은 언어들을 버리고
물 젖은 화선지 위에
아스라이 편지를 썼습니다

정말 달콤한 어둠이 물린 작은 석양에
하늘이 열리고
땅이 치솟고
행복에 젖은 그날이었습니다

아무것도 안 보이고
가랑잎에 덮여진
작은 영혼은 힘찬 연주곡에 취해
세상을 알았습니다

그 여자를 알았습니다.

도담상봉

인생살이
섧고도 사랑스러움이
물빛, 모래빛 되어 하많은데

한 남자가
두 여자와 더불다가
고개 돌린 여자
앙가슴에 묻어 둔 눈물

기적 소리 울리고
물속에 다리 내리고
물총 소리 듣다가
나그네들의 쓴웃음 보면서
인생살이가
이런 거라고

핏덩이 업고 돌아선 여인
민둥산만 바라보는 여자
그 사이
고개 숙인 남자가 있기에

비바람이 불어도
설움과 비웃음이 들려도
속삭이는 박수 소리가 들려도

슬픈 사연 속에
살아야 하는 것이
인생살이.

그 사람

하얀 마음이 너울거리고
그 자리에
소리 없는 그림자만 남았습니다

바람이 엿보이기에
말없이 요동치는 가슴을
나 혼자 감추었습니다

시간이 야속하다고
애태웠던 순간들을
뜨거운 눈빛으로
감싸안을 수밖에 없었습니다

향기는 없었다고
그 사람은 말하고 싶었지만
차마
내 얼굴에 말 한마디
올곧게 던지지 못하고 갔습니다

창밖에는 바람이 세차게 불고
눈길은 오직
작은 오솔길 끝자리에
화살처럼
그대의 뒷모습에 꽂았습니다

하얀 마음은 가고
그 자리에
소리 없는 그림자만 남았습니다.

열락 悅樂

해가 눈부시어 머리를 숙인다
가라는 사람은
오늘도 소향燒香 끝에서 맴돌고
서릿발 내리는 추녀 끝에서
정수리에 합장한 중생을 누가 막으랴

산에 올라 가슴을 여는 소리
산사에 풍경 소리 은은하게 흐르고
청랑한 목탁 소리 가슴을 여미는데
솔잎 끝에 부는 바람은
어떤 중생衆生을 부르는고

고개 들어 해를 본다
벌렁거리는 시름을 드러내 놓고
보살의 치맛바람을 삼키면서
저려 오는 가슴
벌써 정화수淨華水로 젖어 드나니
작은 중생 불향佛享을 올리나이다.

으악새

서로 엇갈리는 아픔
바람이 부는 사이로
생명의 꽃을 날리고
임진강 여울에 같이하는 아픔이 있다

울부짖는 몸부림이 있고
손짓하는 잎새 소리가 있고
불태우는 안개꽃이 있다

넘어질 듯
휘어질 듯
먼 산 너머 아픔의 소리는
고요로운 아침을 깨운다

여기는
넋새의 눈물을 담은
비무장지대

메마른 가슴앓이로
맨살을 부비면서
울어라 그리고 사랑의 씨앗을 날려라
메아리가 되돌아올 때까지.

을숙도의 이별

갯벌 지하에 피가 돌고
물그림자
떠올리는 깊은 곳
기러기 떼 날고
희미한 전설 적 날개는 속삭인다

수심 깊이 뿌리내린 으악새
빛바랜 뜨거운 몸짓으로
하늘과 땅 사이 바람은 몸살을 겪고
못내 아쉬움으로
용유도에서, 영종도 갈밭에서,
을왕리 갯벌에서
그때 그 언어들은
깊은 잠에서 깨어나
작은 조약돌로 곰살궂게도 미풍을 만든다

작은 늪새들은
치떨림으로 토해 내며
이별의 아픔을
흰 구름 널려 두루마리로 말아서
외설진 삶을 엮어
땅 깊이 떠난
을숙도의 허전한 뱃고동 소리

슬픔을 물거품으로 풍덩 적셔
술타령보다 더 슬픈
외딴 섬의 이별
바위와 큰 돌과 깊은 늪
을숙도

깊은 골에서
진한 이별을 낳을 줄이야
아마도
전설을 남기고 떠난 을숙도.

수련화睡蓮花

푸르름으로 바람벽을 만들고
파란 물푸레로 보살을 만들고
수궁의 깃대 따라
외나무 기둥 세우고
천지를 가슴에 안고 사는 수련화睡蓮花

속살이야 뽀얀 연꽃이요
꽃술이야 칠보화관 자비慈悲인 것을

바람 먹은 연잎은
빛살 머금은 웃음으로 피어나고

못다 이룬 사랑을 그리다가
올올이 맺힌 속사랑을
누리에 보시布施하나니

금생今生이 보이는도다
만물지장萬物之長이 열리도다.

위대한 것은
—창

깊은 밤이었습니다
캄캄하고 작은 소리도 들리지 않는
깊은 곳이었습니다

바람구멍도
바늘귀만큼도
열리지 않는 마음이었습니다

—하룻밤을 자고 나니 하늘 문도 마음의 문도 열리어 소낙비 온
뒤의 해맑은 아침이었습니다. 기분이 좋았더라.—

오늘은
빛이 쥐구멍에 들어 깨어나고
바람이 불어 숨을 쉬었습니다

죽어 가는 생명이
그 캄캄한 밤이
머리카락 한 올의 숨소리를 들었습니다

그것은 위대한 존재
사랑이었습니다.

파도야

파도야
어쩌란 말이냐
가슴이 찢겨지는 그 소리를
산산조각이 되어
온몸이 부서지는 그 사연을
철썩~ 철썩~ 처얼썩~

파도야
어쩌란 말이냐
어머니의 탯줄을 끊고 나와
하늘 깊이
물속 깊이
온갖 설움 속에 부서지는 하얀 물거품을
철썩~ 철썩~ 처얼썩~

파도야
어쩌란 말이냐
시내산에 불타오르는
그 뜨거운 눈물로
차마, 끝자락도 못 적시는
치마바위 찢기우는 그 아픔을
철썩~ 철썩~ 처얼썩~

파도야
어쩌란 말이냐
모래알 부서지는 그 생채기가
저려오고 아물듯이
갈매기의 슬픈 곡조로
오늘도 바람결에 스러지는
그 쓰라린 물살들의 아픔을
철썩~ 철썩~ 처얼썩~

백운사의 옥녀

물방울 구름은
펑퍼짐한 늪에 누워
회오리바람 속에
멍든 가슴을 여밀고
옥녀는
회전목마를 탄다

얼음 구멍보다
더 순결한
쇠소리바람 구멍은
하많은 감탄사를 낳고
만삭이 되어 버린
옥녀는
하얀 구토를 한다

산 까치 깃털은
산 아가씨 눈물처럼
솔잎새 불빛으로 피어나고
재 너머
옥녀는
불새 되어 살으련다.

바람새

한 밤이 울고 나면
새 가슴은
하늘 공간의 넋새가 되어
오늘도
밤에만 울으란다

노을이 질 때면
가던 길 멈추고
작은 구멍으로
한세상 빤히 내려다보다가
목이 메이는 바람새는
오늘도
외마디로 슬프디 슬프게 울으란다

색깔 있는 언어로
늘어진 바람 길목에서.

그 여자 1

솔잎 향기 끝에 젖어 드는
하얀 눈물은
아픔의 빛살을 낳고

뜨겁게 타오르는
사랑의 고개에 선
숨이 멈출 듯
나는 너를 위해
너는 나를 위해

오늘도
가을을 노래하는
뜨거운 밤

사랑해.

바람이었네

어제 만난 것도
오늘 만난 것도
그렇게
못 잊어 매달린 목소리

밤이 깊어 가도
날이 훤히 새더라도
깊은 만남이었는데

마주 보는 눈빛마저
너무나도 아까운 시간이라서
잡고 있는 손가락도
너무나 뜨거운데

내일의 만남이 두려워
오늘의 만남으로 사루어
같이 살고 싶었는데

이렇게
하나의 바람이었네.

5부 자연

—

안개꽃 바람

두류산頭流山 3수三首

1. 달궁
하늘을 다듬질한다
속살처럼
왼달로 떠 있는 꽃대궁은
솔밭에 누워
뻐꾸기 울음소리로
불꽃을 피운다.

2. 뱀사골
정수리로 가는 길이다
안개꽃 새벽길
물푸레 내음
물이끼 내음
젖은 눈매로
푸름이 푹 익은 나리꽃은
시집간 누이의 얼굴이다.

3. 노고단
자연은 무시로 만든다
바람 따라 승천昇天하는
샛누런 입술
검푸른 숨소리

가슴앓이 할미꽃 벙그는 끝에
물치는 소리
돌치는 소리
거울 같은 맑은 물살에
또아리진 여인은 알몸으로 서 있다.

물바람 소리 1

하늘 끝 바람
한 방울 매여 달고
세상을 흔들어 놓는
검은 바람이 있으니
썩어 가는 나무이어라
병들어 가는 광화문이어라

청랑한 오색 무지개
호수에 드리우고
바람 따라 물 따라
숨구멍 열어 놓고 살으련다
싱싱한 바람구멍 열어 놓고 살으련다

파란 하늘에
해맑은 그리움 심어 놓고
오르려다 오르려다
떨어져 부서지는
작은 아픔이 있었으니
한 여울의 물바람 소리이어라
하얀 날의 물빛살이어라
죽어 가는 영혼들의 물바람이어라

날빛도 물빛도
허공을 나는 물바람 소리에
작은 생명들은 숨을 쉬나니
풀 한 포기도 노래하나니
안개꽃의 웃음이요
가로수의 여울진 손짓이요
사람들이 눈빛으로 살아남이어라

싱그러운 세상
물초롱으로 영글어 가는 세상
종로에는 능금꽃이 피어나고
꿈을 먹고사는 얼굴들은
물바람으로 흠벅 젖어
춤추는 무지갯빛 분수이어라
하늘을 나는 샘물이어라

그리고 여기
서로 사랑하는 우리들이어라.

물바람 소리 2

싱그러운 세상
물빛으로 영글어 가는 서울
종로에는 능금 꽃이 피어나고
거리에는 물안개에 젖어

청랑한 소리들
시원한 가슴들

세상이 열린다
사람들의 마음이 열린다.

섬

지구,
흔들리는 점 하나

물에 떨구고
섬 하나 포옹하여
물새알 하나 낳고

땅과 땅 사이
기나긴 터널의 숨소리 들리고
수평선 너머로 떠나는
뱃고동 소리

하얀 노래로 웃고 있는
파도.

물그림자

세상을 흔들어
강 건너 언덕배기 할미꽃 하나
하늘에 깊게 깊게 심었는데
그 영혼
거꾸로 살아가고
흔들거리는 허수아비
향기 없는 머저리들
세상 무게도 모르고 울렁거린다

날빛도 돌고 도는 세상
굴절되어 곤두박질치다가
삶의 부스러기들처럼 떨어지는 눈물
넋 나간 사람은 오색 빛깔로 유희를 하고
슬픈 곡조도 없이
줏대도 없이 온 천지가 너울거린다

세상은 조용히 살려고 애쓰는데
신들린 강바람 소리는
뒷골목에서 삐걱거리고
곤드레만드레 얼빠진 물그림자는
수평선 끝에 피어나는 할미꽃 하나
깊은 하늘에 손짓한다 해도
힘없는 물체는 출렁거린다

세상이 싫어서인지
자연의 포용이 두려운지
인간의 몰골이 보기 싫어서인지
하늘과 땅 사이에
안개꽃 향기 한 방울 떨어뜨려도
강 건너 언덕배기 할미꽃은
발해 가는 세상 빛을 모르는 채
강바람 끝에서 놀아나는 물그림자.

하늘 새

동구 밖 정자나무 끝에
소식을 전차하고
자주 고름 그리메로
얼굴을 덮는다

깃털 하나
작은 공간을 찾아
파르라니 곤두박질한다

타오르는 노을
녹아나는 하늘 끝에
늪새는
금빛산 눈여울에
고향을 간다.

고향故鄕 가는 길

냉이, 달래, 질경이의 꽃술 향기, 철새가 도랑물 따라 날고 한 언덕 너머 기적 소리 세차게 울리며 신나게 달리던 기찻길.

먼 발치 끝 들판에 자운영 자색 빛깔에 햇살이 부서져 앉고, 구레실 논배미 물꼬 따라 내려가면 수평선 잔잔히 흘러 은빛 금빛 물비늘 만들고, 이따금 임 그리는 기러기 떼 퍼드득 날아오르면 하늘의 흰 너울 파란 물빛은 갓 시집온 새악시 입술처럼 달콤한 햇살무늬가 내려앉는 외솔나무 길.

참샘골 돌아 어설픈 원두막 눈빛에 머물고, 동구 밖 정자나무 아래 모종의 기둥 잡고 숨바꼭질하는 조무래기들, 백발 할머니 손주 등에 업고 넘어질 듯 뒤뚱대는 바람 속의 주름살들, 한발래기 들어서면 함지박 같은 작은 마을, 봄빛이 뒷동산에 피어나고 초가지붕 뒤안길 오동나무 잎새 사이로 굴뚝 연기 머리 풀고 하늘로 오를 때 한울타리 웃음꽃 피어나는 동구 밖 길.

못치기, 땅다먹기, 딱지치기의 옛 추억, 담 너머에서 아낙네 웃어대는 소리 들리고 꽃지짐 고소한 내음이 동네방네 너울거리던 고향 고샅길.

낙엽 소리

한길 넘어 한숨 거두고 나니
햇살이 솔잎 향에 녹아나고
하늘 눈빛은 작은 잎새에 물소리 되어
너울적
너울적

가랑잎 끝바람 구멍으로
기러기는 깊은 사연으로
여울목을 맴돌며
오늘도 볼멘소리로
작은 잎새의 숨소리 되어
끼우득
끼우득

벌레 먹은 떡갈잎은
붉은 볼빛으로
가을 햇살에 녹아나고
세월이 발해져 가는
작은 잎새들의
바람 소리가 휘돌아
팔랑거리고
팔랑거리고

한길 넘어 순간으로
솔잎 익어 숭늉 내음에 젖어
그 거룩한 영혼들은

물이어라
바람이어라
숨쉬는 잎새들 속삭임이어라.

모래 그름

―섬진강

한 모롱이 돌아
소백산 자락에서
부하 뜰 당도하니
농부는 부엉— 부엉—
하동 포구 옛님의 가락 소리

한 하늘이 열리고
노령에 피는 햇살
두치강 충무의 기상으로
두류산 한恨을 씻고
백운산, 계화도, 봉화를 올리니
오작교의 굳은 절개
붉은 완장 기세도 꺾으면서
남해로 남해로 흐르는 뜨거운 강

한 물줄기 생명수 되어
호남벌의 젖줄 모래내에
시름 풀어 진달래 띄우고
뱃사공 웨이— 웨이—
시오 리 길 금두꺼비의 노랫소리.

싸릿재의 돌탑

갈바람
꽃바람
노을빛 날망에 올라
숨구멍 뻥 뚫린 하늘과 땅 사이

섬돌
돌돌돌이 석탑은 소원 성취
전생에 없는 아들딸 낳아 달라고
아스라이
바람 꼬리 따라
모서리 날빛 따라
쌓아 올린 공든 탑

빛바람
물바람
태백산 싸릿재에 올라
가슴이 텅 빈 돌과 흙과 잎새 사이
가냘픈 손길 여미는 기도

돌멩이 하나 둘둘둘 석탑은
'천왕님께 비나이다'
'태백산 신령님께 비나이다'
불꽃 튀는 정화수에
그리움으로 떠올린 아사달의 눈빛.

산사山寺에서

가을이 타고 있다

바람의 목마름에
갈잎이 하얀 이빨로 노래하는 날
길고 짧은 산허리는
세월의 길목에서
안개 같은 웃음을 던지는데

가을아,
벌레 먹은 잎새 구멍에
커피 내음은
생명의 소리로
물씬 가슴을 적시는데

오호라
쇠북의 울음소리에
벌써 단풍이 들고 있네
가을 산이 벌써 타고 있네.

유달산의 물빛살

금빛살에 잔잔한 바다로
물안개 적서 올 때
홍도 흑산도 다도해를 연결하는
낭만의 항구여

개골산이라 부르는
일등암 자락에는
'목포의 눈물' 애절스런
노랫가락 흐르고
어둠의 나래 터질 무렵
삼학도 부둣가 한 잔 술에
매콤하고 구수한 홍어 한 점에
한 곡조 넘어가는
아지매의 목소리

넓디 넓은 수평선 그 위에
수반석 하나 사리어 놓은 홍도여
중국에서 새벽 닭 우는
소리 들리나니
독립문 바위 열어 놓고
기상천외의 노래였어라
처용랑의 풍류風流이였어라.

안개꽃 바람

물빛은
허공의 물안개로 피어나
물바람으로 날아서

풀 한 포기의 생명수 되어
안개꽃처럼 피어나
영혼의 노래가 되어

우리들은
웃음꽃으로 살아간다.

감잎이 필 때

빛살에 한 모금의 물을 마시고
바람의 목덜미를 잡은 잎새는
하늘과 땅 사이 축제로
물빤대기의 얼굴을 내민다

홑잎새 사이로 작은 입술은
웃음으로 선보이고
도랑의 가시내는 속살을 훔쳐 보고
마냥 몸을 비튼다

숨이 터진 땅들
허물 벗은 고목의 작은 눈들
그 웅장한 메아리들
키 작은 풋나무에서
바람 잘 날 없는 라일락에서
방뎅이만한 바위 밑에서
깊은 찬양을 한다
그리고 노래를 한다

신비여
가슴앓이로 애태우던 어머니도
위대한 잎새에 입술을 대고
뜨거운 감격으로
곱디 고운 버선발로
거룩한 땅을 딛고 합창을 한다.

성수산의 까치 소리

바람 구멍 따라
떡갈잎 너울대는
성수산 능선의 뫼빛
가슴으로 안고
거대한 영혼들의 호흡을 듣는다

이름 모를 풀새들도
고향 것이라 그런지
싱그럽게
청랑하게
웃음으로 다가서는
정든 임들의 손짓이라 본다

핏빛 흐르는 뫼봉에
우렁찬 왕도가 있었으니
일곱 살 나이 이성계가
산빛을 만들고
이름을 남기고
성수산 까치 소리가 들리나니
선골도인仙骨道人의 모습이 보인다

그 소리
멀리 섬진강에 흐르고
백제산 기슭에
'삼청동三淸洞' 휘호로 남아

충혼의 그리메로 남았나니
민족의 향기 되어
온누리 혼빛 되어
바람에 씨앗 뿌렸나니
오늘도
성수산 까치 소리 울린다.

천상의 향기에 젖어

—茶道

살포시—
물안개 피어나는
수평선 끝자락에 앉아
금빛살 부서지는 미리내 사이에
들꽃 향기 사르르 피어나듯
가슴속 깊이 스며드는
한 방울의 하얀 차 한 잔
시방—
설죽차 향 내음에
살포시 눈을 감노라면
파란 하늘에 흰 구름 두둥실
푸른 바다에 흰 돛단배 두리둥실
무시로—
국화차 한 잔에
정수리부터 발끝까지
청아한 혈맥이 흐르고
눈빛 언저리에 실바람 소리
말차 찻잔에 푸르름이 녹아나는데
은은한 금빛 띄워 속살을 섞어 내니
고즈넉한 좌선에 마음을 씻어 내는 생명수
색色에서 반하고
향香에서 취하고
맛味에서 느끼고
효效에서 힘을 얻어

기器에서 예술을 배우면서
마침내—
천상의 향기와 아름다움에
인간미를 다향茶香에서 느끼었으니
해맑은 마음에 살고
찻잔의 향기 속에
참선을 깨달으며 살아가누나.

돌

검은 무덤
작은 무덤
산 그림자 머리에 앉아
햇살 한 모금
물 한 모금
열꽃이 가슴에 피어나
눈시울에 떠올린
평원석, 폭포석, 추상석
물형석, 호수석, 인상석
숨어 있는 웃음
허리춤에 감추오고
문경새재 넘어 넘어
하늘자락
수평선에
오직 한마음 띄우누나.

감꽃이 떨어질 때

먼발치 눈여울에
세월이 발해 가고
모래 무덤 끝자리에
땡볕이 타오를 때

파란 물빛에
넘치도록 싱싱한 초록은
커 가는 작은 꼭지들

은쟁반, 파르라니 떨린 물손으로
마련한 하얀 세모시 수건
텅 비워 둔 가슴
그 자리에
익어 갈 파란 연시들

싸릿재의 안개 바람에
시간 여행을 떠난
속살스런 계집아이는
잎새 사이 웃음 띈 목소리로
감꽃 속살의 향내를
화장대 옥합에 담아 두란다

하늬바람에
향기로운 몸짓으로
햇살 여울에 익어 가는
만삭의 홍시 연지빛들이여.

거문도의 바람

칭얼대는 파도야
어쩌란 말이냐
섬 그린 파도가 그리워
하얀 물거품을 토하면서
너를 보러 왔는데
출삭대는 파도야
어쩌란 말이냐

치맛자락 찢기우면서
울어 대는 파도야
어쩌란 말이냐

세상이 싫어서
외로움, 푹 젖은 새가슴 안고서
너한데 왔는데
그렇게도 상채기를 내면서도
울어 대는 파도야
어쩌란 말이냐

파도야
거문도의 바람아
불지 말아다오
너의 짖궂은 장난에
또다시 아픔을 안고
밤새워 울어야 한단다

바람아,
파도야,
네가 좋은 걸 어쩌란 말이냐.

물레방아 돌아가는 사연

내 마음의 강

강이 흐르는 가슴에
눈물 하나 떨구면
반짝이는 알몸은
수평선 자락에서 울음으로 훌적거리고

강이 흐르는 에덴동산에서
선악과 하나 흠모한 죄로
유브라데강에
천상의 죄 씻어 내면
홀로된 영혼은
땅끝 자락에서 별빛으로 몸서리치고

여기,
천지창조의 굴창이 있어
눈물 하나로 시작하여
선악과 하나로 시작하여
한恨을 끌어안은 채

흔들리는 강물 되어
향기 없는 들꽃 되어
바람 속에 띄운
내 마음의 강.

바다 끝에 앉아

어둠이 악물린 바다 끝에 앉아
검은 뻘에서 숨을 헐떡이는
조개들의 한恨을 듣는다

무릎 위에 놓인
작은 생명 하나
물을 머금고 숨을 쉬다가
그 큰 입으로
기지개를 편다

타오르는 목마름 물 한 방울 적서 주면
솔모래 틈으로 나와
살아야 한다고
세상 이야기를 듣는다

풍덩 던져 버린
작은 생명
바람 끝
물 끝에서
물 머금으며 순간의 한恨을 푼다.

풍덩실 풍덩실
―돌림놀이

물레가락 한 고개 넘고 넘어
삼건불 가슴에 휘날릴 때
한 올 되어 허벅지 한숨 쌓이니
도투마리 할퀸 상처 내 가슴 되어
한 많은 신세타령 절로 난다

풍덩실 풍덩실 콩밥이요*
군인 간 오라버님 언제나 오시려나

한밤에 솜치마 널리고 둘러앉아
가락지 찾으며 풍덩실도 해 보렴
초롱불 간들간들 졸음을 사루고
시장기 굶주림에 감자떡 되리 안고
눈썹에 여윈 달 개구멍 넘어간다

풍덩실 풍덩실 콩밥이요
허리띠 조인 설움 언제나 늘려 보나

아낙네 마실 모아 부역꾼 만들고
샛길 넘어 치마폭 마주 잡고
시어머니 눈꼬리 너덜대다가
오랑캐들 풍덩실에 콩밥 먹이면
대밭의 까치 소리 감빛살에 웃고 간다

풍덩실 풍덩실 콩밥이요
어와 둥덩 태평성대 언제나 살아 볼까.

＊좀 무거운 물건이 물에 떨어지는 소리. 즉, 오랑캐들이 물에 빠져 저승까지 가서 콩밥
이나 먹으라는 뜻(돌림놀이할 때 부르는 노래임).

하루

아침
나즈

가새머리 상투 용틀어 하늘 열면 허허로운 푸른 가슴아

묵은 하늘 애끼로 바쳐 이고 시름은 딱 잘라 징징대는 세상에 팔아넘기고 진돌이 찾아 빙빙 돌다가 헐떡헐떡 고쟁이에 재수 주어 담는 삶의 비탈길,

흙 한 점 위 외다리로 작은 동그라미 속 물방개로 오뉴월 개처럼 헐떡거리며 빈둥구지 이마에 굵은 숫자를 손톱이 다 달토록 새기는 바람의 허욕,

바람도 씀바귀도 삼키고 아스팔트에 눈꼬리 웃음으로 팽개쳐 구겨진 신문을 소금으로 저려 내면 개발에 땀나듯 단내가 물씬 풍기는 돈 냄새,

시방도 풋내나는 접방살이의 눈물 부스러기들 수더분한 손아귀 속 지구 위를 귀발이 맥박으로 으깨고 머리 가려운 해그늘에 앉아 두루마리의 노을 따라 녹슨 대문을 닫는 하루의 민둥머리,

여울진 해 노래에 허허로운 가슴을 싣고 떠나는 무덤아

아침
나즈

세상살이

꽃잎이 진다고 바람을 탓할 손가
해가 진다고 시간을 원망하오리까
항아리를 깬다고 며늘아기 쫓아낼 건가
불구의 아들이라고 버릴 수야 있겠는가

하물며
안산의 꽃을 보고 웃고
저바라기 해를 보고 손 흔들고
며늘아기 다독이며 눈짓하고
아들을 감싸 안으며 사랑 심어 주어야지
물, 사랑, 꿈을 먹고 사는 것을

어찌,
세상살이에
쓰라린 아픔을 노래로 새길 건가

바람도 왔다 가고
웃음도 갔다 오고
숨을 쉬고 살아가는 것
그 무엇을 탓하겠는가

아픔이 되어 향기로 피어나니
오늘도 행복함이어라.

바람 불어 좋은 날

해가 보이지 않아 머리를 숙인다
가라는 사람은 가지 않고
치마폭에 안기는 사람을 누가 잡으랴

산 날망에 올라 가슴을 여는 소리
발끝에서 땅끝까지 물이 흐르고
끓어오르는 태양은 가마솥이 되고
솔잎 끝에 부는 바람은 땀에 취한다

구멍난 삼베 바지에 해가 보인다
벌렁거리는 창문은 속을 드러내 놓고
지나가는 나그네는 눈치를 보며
가슴에 저려오는 바람을 마시고
해 질 녘 흔들리는 가슴을 본다.

낮달

외로운 섬 하나
산도 멀고
집도 멀고 만남도 먼데

조용하고
해 저문 공날에 떠
설렁한 배고픔에
앞가슴 덜렁 열어 놓고
천고 만고의 한恨스러움으로 산다

거꾸로 삭여 가는 세월
하얀 기러기 하나
외설고 쓸쓸한 모퉁이에서

또 길고 긴 늪으로
태초의 소리 없는 빛을 만들며
보이지 않는 언어를 낳고 간다.

고향 달

대문 밖
벼랑 끝에서
혼자 보기로 했다

고향의
눈물 젖은 '향단' 이의 옷고름도
바람에 날리고
정자나무 밑
흙 묻은 더벅머리 '문수' 의 손목도
손짓을 하건만
부르지 않았다

저바라기 잔등에 솟은
새악시 입술 같은 달이기에
저수지 수평선 위에
울렁거리는 입술을

가만히
가만히

안아 들고
그냥 방으로 들어왔다

정녕
내 발등에
눈물이 고여 웃고 있었다.

가을 서정

장다리 꽃술
메밀잠자리 사이
벙글어
알밤을 낳는다.

겨울 아침

가을과 겨울 사이

어제 남몰래 왔다 간 바람
고태골에서 살아난 증조부가
생명을 노리다가
부서지는 빛살에
뚝— 뒹구는 갈색의 아침

바람 하나
키보다 더 큰 목소리 하나
가랑잎 같은 물방울을 새가슴에 우겨 넣고
칼날이 넘실거리는 세상
겁없이 열어 보는 갈색의 아침

세월아
인생아
친구야
잎새에 떨고 있는
질화로 같은 도랑물 소리
빌딩 숲 피뢰침에
아픔으로 녹아 나는 성애

가을이 가고 겨울 중간에서.

그리움이 머무는 자리

하늘빛 찬란한 얼굴을 보노라면
하얀 마음이 가슴에 떠오르고
솜사탕 같은 물안개를
풀빛 여울 한 자락으로 깔아 드리고
누리의 향기 담아
한마음으로 엮어나 보구려

해가 저무는 날이면
소리 없이 다가오는 늘 푸르른 잎새 향기
너른 가슴에 접어나 주고
밤인 양 뜬눈으로 새워
홀로 웃음꽃 날리면서
한날의 꿈길을 만들어 보구려

물빛 여울이 잠자는 고요한 밤에
살며시 한 마음을 더듬어
그리움으로 꽃 피워서
하늘가 웃음 띤 얼굴에
작은 행복 영글어
옹골진 열매 맺어 보구려.

살풀이

소복보다 더 붉은 가슴
액막이로 털어 내고
흙무덤 넋새는
작은 모래성 하나로

한恨을 푼다

썩은 가룻대 흙담 사이
비늘 구렁이 서릿바람
하늘 구멍으로 날리고
칼날보다 더 하얀 뱀사리는
한 올 독설로

한恨을 녹인다

구레실
아랫 뱀이
작은 솔갱이 말뚝이
악물린 저수지 그리메로 남아
어제 죽은
애절한 노총각의
파란 입술은
두렁의 뜸북새 울음으로

한恨을 노래한다.

세월

바람 사이
달이 뜨고
잎새로 팔랑이는
작은 세월은
산 너머 골짜기에서 한숨을 쉬고

돌과 시간 사이
해가 떠오르면
또 한 생명이 가고
무늬 없는 세월은
슬픈 곡哭으로 땅을 울리고

하마 그 말들은
사람의 소리에 묻혀
나이로 쌓여 가고

어제보다 오늘을 위하여
지금도 세월은
그렇게도 노을 사이에서
썰렁한 바람의 노래를 부른다.

산다는 것
— I.M.F 시대

얼굴도 움츠리고
손길도 짧아져 가는
강풍으로 냉동이 되어 가는
고속도로의 거리
항공의 거리

마음 바람도 구멍이 나고
세종대왕, 이퇴계도 구멍이 났으니
나라도 빗물에 젖어
너, 나 우리 할 것 없이
정수리가 메말라 가는
가슴이 쪼그라들어 가는 거리

기업인도, 골목 시장 하루벌이도
도마뱀 고리 잘린 공무원들도
아니, 목마저 잘려 아픔에 사는 피 끓는 가슴
눈빛마저도 춥고
썰렁한 세상

그래도 우리는 하나인 것을
그래도 우리는 살아야 한다는 것을.

종각鐘閣을 지나며

비둘기 울음소리 떠난
종로의 외로움에
맑은 언어만 뽑아 내어
묵은 침묵을 무섭게 씻어 내고

털어도 털어도
매달린 무서운 자유 소리
숲은 숲대로
생명生命의 공간空間을 얻어
녹아나는 세월의 언저리에 걸터앉아
썩어 가는 세월을 씻어 내고

한해가 열리는 소리
번뇌와 회한과 광명의 소리가
죽어 가는 도시에
영혼의 안식처를 만들어 주고

피로에 젖은 늪에서
종로의 고독을 한 손에 쥐고
단청된 추녀 끝에
붉게 타오르는 감잎새로
녹슨 서울을 씻어 내고.

갈지개 새*

갈지개 새야
갈지개 새야

솔잎 먹고 피접새 따라
밤일랑 부엉이 노래 달래며
풍덩실도 해 보렴

그곳에 가면
콩도 있고
서방님 입술에서 떨어진
깨도 있으련만

포성이 울고 간 산 메아리
울 누나의 피맺힌 설움에
지금도
말 뒷굽이 얼굴을 덮는다

논두렁 따라
물꼬 따라가다가

들샘 물 한 모금 적시노라면
아기의 울음소리
젖어미 가슴에
찢어지는 아우성은
웃텃골 군화 소리에 묻혀만 간다

갈지개 새야
갈지개 새야

참샘골 피맺힌 여울목이
너의 구슬픈 노래와 합주가 되어
온 마을에 눈물 젖고
어린 가슴을 울리는구나

갈지개 새야
갈지개 새야

이를 어찌하려나
지금도 섧게 목놓아
그토록 피눈물 젖는 우텃골의 전설.

* 갈지개 : 사냥용으로 기르는 한 살 된 매.

통일

어린아이는 손가락으로
바위를 뚫기 시작했다

태어난 어머니가
그렇게 가르쳤다고

비무장지대의 억새는
가슴앓이되어 울어 댄다

그 손가락의 아픔을
넋새가 아느냐고
바람새가 아느냐고
흰구름이 아느냐고

소리 없는 강물에
숭어 떼는 두 갈래 길에서 손짓을 한다

어둠의 자식들은
번지 없는 주막에서 살아야 한다고

아직도 어린아이는
어른이 되었어도 구멍을 뚫고 있다.

세상 사는 맛

춤추는 축제
황홀한 몰락의 축제가
자유로이 흔들리우는
거리마다
크게 웃어 주는 바람

하루살이
잠꼬대가
때묻은 시간을 씻어 내고
옹이진
삶의 비탈에서
허공을 아귀로 휘어 잡아
바늘구멍을 넘나드는 나그네

삐걱거리는
세상 이야기
느낌표로 왔다가
물음표로 다시 시작되는
마늘쪽 같이
톡, 쏘는 세상살이.

밤이면 사랑 노래 피어나고
―물레방아

산그늘 내려앉은
은하수 떨어지던 밤
휘파람 불던
치맛자락 펄럭이고
손목 잡고 뜨거운 가슴 녹일 때
구름 사이 은은히 흐르는 달빛 속에
얼레리꼴레리 얼굴 가린다

외딴 산자락 끝에
초롱불 그리움으로 타오르고
처녀 총각 발맞추며
사랑 노래 부르던 곳
물레야 울어라
방아야 돌아라
세월아 가지 마라
재 너머 댕기머리 시집간단다

한 섬 내기
허리 태우며
모내기에 가을 추수라
물속에 녹아나는 쭉정이 흐르고
덜커덩 덜커덩 떼거럭 떼거럭
물레방아 돌아갈 때
노총각 가슴 벌렁

한해가 넘어가니
오늘도 그리움에 겨워 눈물 적신다.